COMPLIMENS

EN VERS,

AVEC DES AIRS CONNUS,

Pour souhaiter la nouvelle Année a ses Père, Mère, Oncles, Tantes, Frères, Sœurs, Grand'Papa, Grand'Maman, Parrain, Marraine, Amis, etc., etc.;

POUR LA PRÉSENTE ANNÉE

1827.

PARIS,

CHEZ LOGARD ET DAVI, LIBRAIRES,

QUAI DES AUGUSTINS, N° 3.

1827.

IMPRIMERIE DE DAVID, BOULEVART POISSONNIÈRE, N° 6.

COMPLIMENS

EN VERS,
POUR LE JOUR DE L'AN.

Couplet adressé par un Fils à sa Mère.

Air : *J'étais bon chasseur autrefois.*

Bon jour, bon an, vers toi je vien,
Porter mes vœux, mère adorée !
Pardon, si je ne t'offre rien
Le premier jour de cette année ;
Car si ma main voulait, crois-moi,
Pour mieux prouver combien je t'aime,
Te faire un don digne de toi,
Il faudrait t'offrir à toi-même.

Compliment à un Protecteur.

Air : *Il pleut, il pleut, bergère.*

Le retour de l'année
Est, pour mon tendre cœur,
L'image fortunée
Du plaisir, du bonheur.
Mes souhaits sont sincères,
En demandant aux cieux
D'exaucer mes prières,
En comblant tous les vœux.

Compliment d'un jeune Enfant à sa Mère.

Aujourd'hui l'amitié, mais non pas le devoir,
D'un cœur simple et naïf te présente l'hom-
    mage :
Quand mon respect pour toi s'accroît avec mon
    âge,
Mériter ton amour est mon plus doux espoir.

(4)

Couplet d'un Enfant à sa grand'Maman.

Air: *Il faut des époux assortis.*

Voici le premier jour de l'an,
O jour charmant pour les étrennes!
Voici, pour toi, chère maman,
Quelles seront toujours les miennes.
D'abord je t'offrirai mon cœur;
Du ciel invoquant l'indulgence,
Je te souhaite avec ferveur
Du vrai bonheur la jouissance.

Couplet d'une Fille à sa Mère.

Air : *Il faut quitter ce que j'adore.*

Tendre mère, épouse chérie,
Reçois mon hommage en ce jour;
Et malgré ma voix affaiblie,
Daigne accueillir mes chants d'amour.
Ah! que tes ans dignes d'envie
S'écoulent au sein du repos;
Le ciel, d'une si belle vie
Doit en éloigner tous les maux.

*Vers pour le jour de l'an, adressés par
un Enfant à son Grand-Papa.*

Quels vœux dois-je former pour vous, dans
     ce grand jour?
Comment vous exprimer mes sentimens d'a-
     mour?
Que le nombre de vos années
Puisse égaler celui de vos vertus !
Qu'elles soient toutes fortunées!
Je ne désire rien de plus.

Compliment à un Ami.

Air : *J'ai perdu mon âne.*

La nouvelle année   *(bis.)*
Enfin nous est née ;   *(bis.)*
Et je viens pour la fêter,
Avec toi rire et chanter
La nouvelle année   *(bis.)*

La nouvelle année,   *(bis.)*
Sera fortunée ;   *(bis.)*
Car je vais par t'embrasser
Dès le matin commencer
La nouvelle année !   *(bis.)*

Vers adressés à une nouvelle Mariée.

Quels vœux peut-on faire pour vous ?
D'Hébé vous avez la jeunesse,
De Vénus les attraits, de Pallas la sagesse ;
Vous jouissez d'un sort brillant et doux ;
Mais il vous faut des fruits de l'hyménée ;
Veuille ce Dieu pour vous faire sa cour,
Vous étrenner dans la nouvelle année.
D'un fils aussi beau que l'Amour,
Qui soutienne l'éclat de son illustre race,
Et soit aussi vaillant que le Dieu de la Thrace !

Compliment d'un Filleul à sa Marraine.

Air : *Du pas redoublé.*

Marraine, en ce moment heureux,
Au gré de ma tendresse,
Je viens faire entendre les vœux
Qu'au ciel pour vous j'adresse.

Unique objet de tant de soins,
  Pendant toute l'année,
Que je vous en consacre au moins
  La première journée !

Vers d'un jeune Homme à son Amie, le premier jour de l'an.

Je suis heureux, j'ai vu ma chère amie :
Dieux, quel bonheur ! ma main pressa sa
  main ;
Sa douce voix, dans mon âme attendrie,
A fait rentrer un espoir incertain.
Ses yeux charmans m'ont fixé sans colère,
Puisqu'il signale un avenir heureux !
Quelle faveur ! elle comble mes vœux !
Le jour de l'an est un jour bien prospère.

Vers envoyés à une Belle, le premier jour de l'an.

  Que le ciel bénirait mes peines,
  Et qu'heureux me serait ce jour,
  Si je pouvais, pour vos étrennes,
  Vous donner tant soit peu d'amour !

Vers adressés à un Bienfaiteur.

A vos vertus je n'offre pour hommage,
Qu'un cœur sincère et de timides vœux,
  L'éloge est rejeté du sage.
  Si mon zèle respectueux
Ne m'imposait un pénible silence,
Ce que je sens aurait été dicté
  Par la seule reconnaissance,
  Confirmé par la vérité.

Etrennes d'une Dame à son Amie, en lui envoyant un schall.

Ce modeste présent vous plaira mieux qu'un
    autre ;
La main de l'amitié l'offre en cet heureux jour.
Si mon sexe n'était le même que le vôtre,
Il vous serait offert par la main de l'Amour.

Déclaration d'amour.

Air : Je l'ai planté, je l'ai vu naître.

Depuis le jour que je t'ai vue,
Les jeux n'ont plus d'attraits pour moi ;
Brûlé d'une ardeur inconnue,
Je ne puis plus vivre sans toi.

Mon cœur soupire dès l'aurore ;
Le jour, un rien me fait rougir ;
Le soir, mon cœur soupire encore ;
Je sens du mal et du plaisir.

Quelle que soit la maladie,
Qui nuit et jour me fait languir,
J'en mourrai peut-être, Eugénie,
Mais je ne veux pas en guérir.

Etrennes d'un Enfant à son Père ou à sa Mère.

Des vœux ardens pour ton bonheur
    Forment tout mon hommage ;
C'est peu, mais ils partent du cœur :
    En faut-il davantage ?

Couplets d'une jeune Demoiselle à sa Mère.

Air : *Jeune et novice encore.*

Simple et douce nature,
Viens moduler mes chants;
Ta naïveté pure
Convient à mes accens.
De cet an qui commence,
Pour chanter le bonheur,
Ta fille, en conscience,
N'écoute que son cœur.

Touchés de ma prière,
Ah! puissent les destins
Composer ta carrière
De jours purs et sereins!
Sans crainte et sans alarmes,
Puissions-nous, dans cent ans,
Goûter encore les charmes
De nos épanchemens!

Vers d'un jeune Enfant à sa Marraine.

Pourquoi ce jour... lorsque l'année entière
Est employée à souhaiter ton bonheur!
Comme ton nom entre dans ma prière,
Ton souvenir est gravé dans mon cœur.
Alors je dis... la meilleure des Marraines
Voit tous mes jours par les siens embellis.
Dieu tout-puissant! mes plus belles Etrennes
Seront de voir tous ses vœux accomplis.

Les Etrennes de l'Amitié.

Air : *J'étais bon chasseur autrefois.*

Le jour de l'an, dans ta maison,
Est celui d'une grande fête;

Permets aussi que, sans façon,
A la célébrer je m'apprête.
Mes vœux ardens peuvent s'unir
A ceux de ton fils, de ta fille,
Puisque je prends part au plaisir
Que ressent toute la famille.

Environné de tes enfans,
Que ton sort est digne d'envie!
Des transports si vifs, si touchans,
Font tout le charme de la vie.
Si l'on interroge ton cœur
(Aussi bien qu'un autre il babille);
Il répondra : « Tout mon bonheur
« Est dans le sein de ma famille. »

Celui qui peut voir entre nous
Régner une telle harmonie,
Ému d'un spectacle si doux,
Sent déjà son âme attendrie.
C'est que, dans ces heureux momens,
Sur tous les fronts la gaîté brille...
Si l'amitié fait les parens,
Nous sommes tous de la famille.

Couplet pour une Mère de famille, chanté
par ses Enfans.

Jouis des heureux que tu fais!
Quand pour nous un nouvel an brille,
Il ouvre de mille bienfaits
Une source pour ta famille;
Tu fais mieux, et dans ta maison,
Tu sais, fidèle aux mœurs antiques,
Unir au bon goût, au bon ton,
L'éclat des vertus domestiques.

Étrennes à un Instituteur, par ses Élèves.

Ce jour, consacré par l'usage
A tout ce pompeux étalage
D'embrassades, de faux sermens
Et d'insipides complimens,
Est le plus beau des jours de notre vie.
Enfans de la sincérité,
Sans éloge et sans flatterie,
Nous exprimons la vérité.
Les timides vœux de l'enfance
Sont toujours dictés par le cœur;
Et notre âge et notre innocence
Sont garans de notre candeur.
Puisse le ciel, prolongeant vos années,
Dans le sein du bonheur faire couler vos jours,
Et que jamais les destinées
N'en osent terminer le cours!

Vers adressés à une Tante, par sa Nièce.

Il luit enfin le premier jour,
Qui va commencer cette année;
Jour où je puis de mon amour
Exprimer la douce pensée.
Aux vœux de l'amour, du devoir,
Je dois encore joindre, ô ma Tante!
Celui de toujours vous revoir
Jouir d'une santé brillante.
Et quel autre souhait former
Quand j'unis, par un sort prospère,
Au doux plaisir de vous aimer,
Le bonheur de vous être chère?

Une jeune Personne à sa Belle-Mère, au jour de l'an 1827.

Bien jeune encor... las! je perdis ma mère.
Vous choisissant, modèle de vertus,
Un Dieu puissant, touché de ma prière,
Me la rendit, je ne la pleure plus.
Bonne maman! oui, mon ame ravie
Retrouve en vous ce que j'avais perdu :
Et s'il me manque à vous devoir la vie,
Je vous dois plus, le bonheur m'est rendu.
Quels doux plaisirs je goûte à mon aurore!
De votre hymen s'augmentent les douceurs;
Et, sous les pas des parens que j'adore,
Mes jeunes mains déjà sèment des fleurs.
Je suis l'objet de leur vive tendresse;
De leur amour, si mon cœur est jaloux,
C'est dans l'espoir de mériter sans cesse,
Par tous mes soins, un bonheur aussi doux.

Couplet d'un Frère à sa Sœur.

Air : *Un jour, dans la forêt prochaine.*

De l'amitié qui nous engage,
Ce premier jour d'un nouvel an,
Je prétends te donner un gage,
Ma bonne, ma chère Fanfan.
Reçois ce joli cachemire,
Qui, certes, ne peut t'embellir;
Mais d'un frère, j'ose le dire,
Il tiendra lieu de souvenir.

D'un Cousin à sa Cousine.

Air : *Bouton de Rose.*

Belle cousine,
Je prétends te faire un présent;

Va, ne crois pas que je badine ;
Car c'est mon cœur, un cœur aimant,
Belle cousine !

Belle cousine,
Tu dois me payer de retour ;
Et, par une faveur divine,
Du cousin partager l'amour,
Belle cousine !

Couplets adressés à une jolie Femme, en lui envoyant une paire de jarretières, le premier jour de l'an.

Air : *Pourriez-vous bien douter encore ?*

Je sais une métamorphose
Que je trouverais à mon gré ;
Faut-il qu'un sort cruel s'oppose
Aux vœux de mon cœur enivré !
S'il eût exaucé ma prière,
Ah ! que mon destin serait doux !
Soudain je serais jarretière,
Pour ne plus quitter vos genoux.

Mais un pressentiment m'afflige,
Et, malgré moi, vient m'agiter ;
C'est qu'à moins d'un nouveau prodige,
Le soir il faudrait vous quitter.
Qu'on me fasse la grâce entière !
Et, trop heureux auprès de vous,
Le jour je serai jarretière,
La nuit je serai votre époux.

FIN.

COMPLIMENS

EN PROSE

Pour souhaiter la nouvelle Année a ses Père, Mère, Oncles, Tantes, Frères, Sœurs, Grand'Papa, Grand'Maman, Parrain, Marraine, Amis, etc., etc.;

POUR LA PRÉSENTE ANNÉE

1827.

PARIS,

CHEZ LOCARD ET DAVI, LIBRAIRES,

QUAI DES AUGUSTINS, N° 3.

1827.

IMPRIMERIE DE DAVID, BOULEVART POISSONNIÈRE , N° 6.

COMPLIMENS

EN PROSE,
POUR LE JOUR DE L'AN.

Compliment d'un jeune Enfant à son Papa, le premier jour de l'an.

Mon cher Papa,

Daignez agréer les souhaits que je fais pour votre bonheur, et pour que vous me conserviez toujours votre amitié. Si le ciel exauce mes prières, il prolongera vos jours, pour que j'aie encore long-temps à vous aimer. Pour étrennes, je vous offre mon cœur; c'est mon seul bien : acceptez-le, car il vous appartient; donnez-moi votre bénédiction, mon cher papa, avec un baiser, et je serai le plus heureux des enfans.

Compliment d'un jeune Enfant à sa Maman, au renouvellement de l'année.

Ma chère Maman,

Pour le premier jour de l'an, que t'offrirai-je qui soit digne de toi? Une fleur pourrait l'être agréable; mais les fleurs sont pour ta fête; pour étrennes, je t'offre mon cœur et mon amour, et pour une mère aussi tendre que toi, c'est le don que tu apprécieras le mieux. Je demande encore au ciel qu'il prolonge tes jours, et que tu sois heureuse; il exaucera mes vœux, car il exauce toujours les prières de l'innocence; et puis donne-moi un doux baiser, ce sont les plus belles étrennes que tu puisses donner à ton enfant.

Compliment d'un petit Enfant à son Grand' Papa, ou à sa Grand'Maman.

Grand'Papa, ou Grand'Maman,

Reçois, au commencement de cette année, mes baisers et mes vœux; embrasse-moi et toute l'année comme cela, et je ne te demande plus rien. Je prierai le ciel de t'accorder encore de beaux jours, pour te souhaiter long-temps la bonne année.

Lettre d'un Fils à son Père.

Mon cher Père,

Si le renouvellement de l'année est une occasion de manifester ses sentimens d'une manière particulière à son Père, je la saisis avec empressement pour t'adresser les souhaits que je me plais à faire pour ton bonheur, pour ta santé et la longueur de tes jours. Vis long-temps pour ton fils : il a besoin que ton existence se prolonge, pour recueillir tes bons exemples et satisfaire aux sentimens de l'amitié et de la reconnaissance. Le ciel exaucera les vœux d'un fils pour son père, et te comblera de ses bénédictions.

Daigne, ô mon père, agréer, avec mes souhaits, les sentimens de respect et d'attachement qui m'animeront jusqu'à mon dernier soupir, avec lesquels je suis, etc.

Lettre d'un Fils à sa Mère.

Ma bonne Mère,

Je n'ai jamais attendu et je n'attendrai jamais le commencement d'une année pour t'ouvrir mon cœur et te témoigner les sentimens d'amitié, de tendresse et de reconnaissance que j'ai pour la meilleure des mères. Chaque jour je fais des souhaits pour ton bonheur, et j'implore en même temps le ciel de prolonger tes jours, car les jours d'une mère sont nécessaires à sa fille; les années, les jours se succèdent les uns aux autres, le temps passe pour ne plus revenir; tout s'altère dans la nature: mes sentimens sont toujours les mêmes pour celle qui me donna le jour, et jamais rien ne me fera oublier ce que je dois à sa tendresse; le souvenir de ma mère sera toujours la première pensée qui m'occupera à mon réveil.

Je suis tout à toi, etc.

Lettre d'une Fille à son Père.

Mon cher Papa,

L'époque du renouvellement de l'année est celle où chacun témoigne des sentimens et des affections qu'il a ou qu'il n'a pas. Tu ne peux douter des miens; les élans du cœur ne se contrefont point, et tu sais que ta fille t'aime comme tu l'aimes. Eh! quelle est la fille qui n'aimerait pas un père comme toi! Chaque jour je rends grâces au ciel de m'avoir donné un tendre ami dans un père; et je forme des vœux au ciel pour qu'il prolonge tes jours, afin que je puisse t'aimer encore long-temps, et te le prouver par ma conduite et par mes sentimens. Le bonheur d'un père fait le bonheur de sa fille, et je m'efforcerai toute ma vie de me rendre digne de ton affection et du dévouement sincère avec lesquels je suis,

Ta fille bien-aimée, etc.

Lettre d'une Fille à sa Mère.

Ma chère Mère,

Le premier jour d'une année est très-agréa-

ble, puisqu'il est le signal d'un échange d'affections et de sentimens; ce n'est pas de toi ni
de moi dont il s'agit ici, car nous n'avons jamais attendu et nous n'attendrons jamais de
certaines époques, pour nous livrer à ces épanchemens de cœur qui font le charme de la vie.
La tendresse ne calcule pas le temps. En fai-
sant des vœux pour ton bonheur, j'en fais en
même temps pour le mien, car je ne puis être
heureuse sans toi. Les années se passent, mais
ma tendresse ne passera jamais, et tu trouve-
ras toujours en moi la meilleure amie, comme
en toi je trouve la meilleure des mères. Je finis
en t'embrassant et en te souhaitant mille pros-
pérités.

Je suis, etc.

Lettre d'un Neveu à son Oncle.

Mon cher Oncle,

Dans tous les temps vous m'avez prouvé que
vous étiez le digne frère de mon père; et votre
amitié à mon égard ne s'est jamais démentie.
J'ai tâché de la mériter et de me montrer re-
connaissant de toutes les bontés que vous avez
eues pour moi. L'année qui commence me
fournit une nouvelle occasion de vous renouveler tous les sentimens d'un de vos parens
qui regarde l'ingratitude comme le vice du
méchant. Daignez les agréer avec votre bonté
ordinaire, ainsi que mes hommages et les vœux
ardens que je fais pour votre bonheur, qui
fera toujours celui de votre neveu.

Lettre d'un Neveu à sa Tante.

Ma chère Tante,

Je vois toujours arriver avec joie le commencement de l'année; c'est une époque qui

m'est favorable, pour exprimer à une tante
chérie tous les sentimens d'amitié et de reconnaissance qu'elle a su inspirer à son neveu.
Daignez les accueillir, car ils sont sincères:
c'est le cœur qui parle et qui rejette tous les
vains complimens qui ne sont que l'expression
du mensonge et de la fausseté. Que vos jours,
comme par le passé, s'écoulent dans la paix et
la tranquillité; gardez-moi un souvenir, c'est
le bien le plus précieux que puisse m'accorder
une tante que je chérirai toute ma vie, et que
je regarde comme une seconde mère.

Lettre d'une Nièce à son Oncle.

Mon cher Oncle,

Quoiqu'il soit doux de penser chaque jour à
vos bontés, à l'amitié que vous me témoignez
et dont je suis bien reconnaissante, il m'est
encore plus agréable de vous exprimer de vive
voix les sentimens de mon cœur, ou de vous les
tracer dans une lettre. Le renouvellement de
l'année me met à même de vous écrire, pour vous
prier d'agréer les souhaits que votre nièce fait
pour votre bonheur. Si le ciel n'est point sourd
à mes vœux, vous jouirez d'une bonne santé,
d'une longue prospérité, de tout ce qui peut
rendre la vie exempte de soins et de chagrins.
Aimez-moi toujours comme votre nièce, et
accueillez en même temps les sentimens d'a-
mitié, d'attachement et de reconnaissance avec
lesquels je suis, etc.

Lettre d'une Nièce à sa Tante.

Ma chère Tante,

Sans chercher à mettre de la prétention dans
mes phrases, et à composer des complimens

qui sont des mensonges convenus, j'interroge mon cœur qui vous dira qu'il vous aime, qu'il ambitionne votre estime, au commencement de cette année comme à la fin. Soyez persuadée que si le ciel entendait mes vœux, vous seriez la personne la plus heureuse de la terre. Continuez-moi toujours vos bontés, votre amitié et surtout ces tendres épanchemens qui m'ont fait connaître qu'il n'y a de félicité que dans la vertu et dans les affections de famille.

Je suis avec l'attachement le plus sincère,

Votre chère nièce, etc.

Lettre d'un Frère à son Frère.

Mon cher frère,

Les années, en se renouvelant, n'ont apporté aucun changement dans les sentimens que j'ai pour toi; tu les partages encore, et nous éprouvons ce qu'a dit un de nos poëtes :

Un frère est un ami donné par la nature.

Tu ne doutes pas des vœux que je fais pour ton bonheur : ils sont sincères parce qu'ils partent du cœur; mais ce qui en fait le complément, c'est que je suis persuadé que tu formes les mêmes vœux pour ma félicité. Les liens de famille qui doivent nous attacher l'un à l'autre, seraient bien faibles, si les affections de l'âme ne les resserraient plus fortement de jour en jour. Je suis, en t'embrassant, etc.

Lettre d'un Frère à sa Sœur.

Mon excellente Sœur,

Les liens de famille qui nous unissent, sont devenus encore plus forts par ceux du cœur, et les années n'y ont apporté aucune altération. Au commencement de celle-ci, je te souhaite tout ce qui peut contribuer à ta satisfaction, et je fais surtout des vœux pour que ton amitié soit toujours la même pour moi, et qu'elle réponde à celle que je t'ai vouée depuis mon enfance. Douce image de ma mère, tu la représentes à mes yeux, je vois en toi ses heureuses qualités, et surtout cette sensibilité qui est l'apanage d'une belle âme. Je suis avec affection,

Ton frère, etc.

(*Si la sœur est mariée, le frère ajoutera à sa lettre par post-scriptum.*)

Assure ton époux qu'il trouvera toujours en moi un bon frère, et que ses enfans me sont aussi chers qu'à lui-même.

Lettre d'une Sœur à son Frère.

Mon cher Frère,

Il est des époques consacrées par l'usage, où l'on se prodigue mutuellement des complimens et des souhaits. Le renouvellement de l'année est une de ces époques, et je la saisis pour te témoigner mon amitié, et former des souhaits pour ton bonheur, dans toute la sincérité de mon cœur. Les années, en s'écoulant, n'ont point altéré mon affection pour toi: elle est toujours la même, elle n'a pas besoin du premier de l'an pour se manifester; tu le sais, j'ai toujours désiré que tu m'aimasses comme je t'aimais, et dans toutes les occasions je chercherai à te prouver mon attachement.

Je t'embrasse de tout mon cœur.

(*Si le frère est marié, et qu'il ait des enfans, la sœur ajoutera par post-scriptum.*)

Mille souhaits à ma belle-sœur, qui est aussi ma bonne sœur; je l'embrasse de tout mon cœur, ainsi que ses enfans.

Lettre à un Bienfaiteur.

Monsieur,

Je me regarderais comme un monstre d'ingratitude, si au renouvellement de l'année, je ne vous renouvelais pas les sentimens de reconnaissance que je vous dois à si juste titre, et si je ne formais pas des vœux pour votre bonheur. Le ciel doit les entendre, car il chérit l'homme vertueux et bienfaisant. Soyez heureux, Monsieur, que tout prospère selon vos désirs, car alors l'infortuné trouvera en vous un refuge, comme je l'ai trouvé moi-même.

Daignez agréer, Monsieur, les sentimens respectueux avec lesquels j'ai l'honneur d'être. etc.

Lettre à un Protecteur.

Monsieur,

Que de grâces j'ai à vous rendre pour la protection généreuse dont vous daignez m'honorer! Permettez que je vous en témoigne ma vive reconnaissance, et qu'au commencement de cette année, je forme des souhaits pour votre bonheur : que le ciel prolonge vos jours, tant pour moi que pour ceux auxquels c'est une jouissance pour vous de rendre service.

C'est dans ces sentimens de gratitude, de respect et de dévouement que j'ai l'honneur d'être, etc.

Lettre d'un Filleul à son Parrain.

Mon bon Parrain,

Lorsque, sur les fonts de baptême, vous vous engageâtes à me servir de second père, au cas que je perdisse celui à qui je dois le jour, vous suivîtes l'impulsion de votre cœur;

et la suite m'a fait voir qu'il ne s'est jamais démenti à mon égard. Vous devez bien présumer, mon cher parrain, que la reconnaissance de vos bienfaits, est non-seulement pour moi un devoir, mais un sentiment, et que je ne cesserai de faire des vœux pour votre bonheur, et de former des souhaits pour que le ciel vous accorde de longs jours, qui me mettent à même de vous témoigner les sentimens de gratitude et d'attachement avec lesquels je suis, Votre dévoué filleul, etc.

Lettre d'un Filleul à sa Marraine.

Ma bonne Marraine,

Je manquerais à mon devoir, et surtout à l'affection que je vous porte, si, au commencement de cette année, je ne me rappelais à votre souvenir, en vous témoignant ma reconnaissance pour vos bienfaits, et surtout pour l'engagement que vous avez pris au pied des autels de me servir de seconde mère. Puisse le ciel vous récompenser de votre dévouement, et accueillir les souhaits que je lui adresse pour votre bonheur! Ils sont purs comme mon âme et dignes de celle pour laquelle je suis avec amitié, estime et respect,

Le très-humble et dévoué filleul, etc.

Lettre d'une Filleule à son Parrain.

Mon cher Parrain,

Au commencement de cette année, il m'est doux de vous renouveler, commme à un second père, les sentimens de reconnaissance et d'attachement qui vous sont dus. En répondant, de moi sur les fonts de baptême, vous avez contracté l'obligation de m'aimer et de m'être utile dans toutes les circonstances de la vie;

de mon côté je ne puis répondre à tant de bien-
veillance que par les sentimens du cœur, et en
formant des vœux pour votre bonheur, qui
sera toujours le mien, en vous prouvant que
je suis pour toute la vie,

Votre cher filleul, etc.

Lettre d'une Filleule à sa Marraine.

Ma chère Marraine,

Recevez les souhaits que je fais au commencement de cette année pour tout ce qui peut
contribuer à votre satisfaction; ils sont sincères,
parce qu'ils partent de l'âme. La reconnaissance est la mémoire du cœur, et je n'oublie-
rai jamais les engagemens que vous avez pris
envers moi sur les autels, engagemens que
vous remplissez comme une seconde mere, ainsi
que les bienfaits dont vous m'avez comblée.
Puisse le ciel, en prolongeant vos jours, vous
continuer cette paix de l'âme, sans laquelle il
n'y a point de bonheur ici-bas! Quant à moi, je
vous aimerai toujours, et mon attachement à
ma marraine fera ma plus douce jouissance.

Je suis, etc.

Lettre à un Ami.

Mon cher Ami,

Je vous souhaite, au commencement de
cette année, tout ce qui peut contribuer à votre
satisfaction; je ne vous dis rien de notre amitié,
elle sera dans tous les temps la même, parce
qu'elle est fondée sur l'estime et les affections
du cœur; je ne vous fais point de complimens:
c'est une monnaie courante parmi les hom-
mes qui sont accoutumés à exprimer tout ce
qu'ils ne sentent pas. Tout à vous.

FIN.

www.ingramcontent.com/pod-product-compliance
Ingram Content Group UK Ltd.
Pitfield, Milton Keynes, MK11 3LW, UK
UKHW020910140726
13695UKWH00006B/2441